MÉMOIRE

SUR

UN NOUVEAU MODE DE TRAITEMENT

POUR LA

GUÉRISON DES DARTRES.

MÉMOIRE

SUR

UN NOUVEAU MODE DE TRAITEMENT

POUR LA

GUÉRISON DES DARTRES;

PAR LE DOCTEUR BELLIOL FILS.

Les dartres attaquent tous les âges et toutes les classes de
la société : partout ces tristes et repoussantes infirmités
dégradent l'homme aux regards de l'homme.

ALIBERT, *Maladies de la Peau.*

DEUXIÈME ÉDITION.

PARIS,

Chez
{
L'AUTEUR, rue Sainte-Anne, n° 5;
BAILLIÈRE, Libraire, rue de l'Ecole de Médecine, n° 13 bis;
BÉCHET jeune, Libraire, place de l'École de Médecine, n° 4;
PONTHIEU, Libraire, Palais-Royal, Galerie de Bois;
SAUTELET et Cᵉ, Libraires, place de la Bourse;
Tous les principaux Libraires.

1827.

IMPRIMERIE DE DAVID,
BOULEVART POISSONNIÈRE, N° 6.

AU

BARON LEGRAND,

ANCIEN COLONEL,

COMMANDEUR DE L'ORDRE DE LA LÉGION D'HONNEUR,

CHEVALIER DE SAINT·LOUIS.

JE suis heureux, mon oncle, en vous dédiant cet écrit, de trouver une occasion de rendre hommage à des vertus privées, à un noble caractère, à des actions d'éclat couronnées sur le champ de bataille.

Je serai plus heureux encore, si vous regardez

ce faible tribut comme un témoignage de mon respect, de ma reconnaissance et de mon sincère attachement.

BELLIOL.

PRÉFACE.

Il est peu de maladies plus répandues que les affections dartreuses ; elles prennent même tous les jours d'autant plus d'intensité et d'accroissement, qu'on ne possède presque pas de moyens propres à les combattre, et qu'héréditaires dans les familles, elles se transmettent de génération en génération, et perpétuent ainsi leur existence. Les médecins de l'antiquité, les Grecs, les Latins et les Arabes ne nous ont que fort peu éclairés sur les affections de la peau. Les médecins modernes, qui se sont spécialement occupés de ces maladies, et à la tête desquels je dois placer Lorry et M. Alibert, ont mieux apprécié leur marche, leurs phénomènes et leur génie particulier; ce dernier, surtout, les a décrites avec la plus grande précision. Cependant, il faut l'avouer, les moyens curatifs qui ont été proposés jusqu'à ce jour, ne sont que rarement couronnés par le succès, et sur un grand nombre de malades, à peine en guérit-on quelques-uns. Frappé de résultats si peu satisfaisans, j'ai dirigé depuis long-temps mes recherches vers ce genre de maladies; je les ai étudiées avec assiduité, non-seulement dans ma pratique particulière, mais encore à l'hôpital Saint-Louis. J'ai multiplié les essais, j'ai tour à tour employé les différentes préparations qui ont été préconisées, j'en ai formé de nouvelles, j'ai mis à contribution tous les agens thérapeutiques dont on s'est servi jusqu'à ce jour. Enfin, après avoir obtenu les plus heureux résultats, je viens livrer au public le fruit de mes recherches.

Je n'ai pas la prétention de revendiquer en faveur des moyens que j'emploie le privilége d'une constante infaillibilité ; d'ailleurs, les médicamens spécifiques jouissent-ils dans tous les cas de ce précieux avantage? Non, sans doute ; car les fièvres intermittentes et les maladies syphilitiques se montrent quelquefois rebelles au quinquina, au mercure, et cependant on ne peut nier que ces moyens ne réussissent presque toujours.

Je me suis occupé, dans ce mémoire, des affections dartreuses en général ; j'ai parlé de leurs complications; j'ai établi le rapport qu'elles ont avec d'autres maladies; j'ai signalé les dangers de leur répercussion ; j'ai tracé les causes qui donnent lieu à leur développement; j'ai passé en revue la plupart des moyens qu'on emploie journellement pour les combattre, et j'ai démontré de quel faible secours ils pouvaient être. J'ai exposé les avantages du nouveau mode de traitement et la manière d'y procéder; j'ai tracé le régime à suivre, et indiqué la conduite à tenir pour rendre la guérison permanente. J'ai insisté particulièrement sur la nécessité de soumettre à un traitement préservatif les individus qui sont nés de parens dartreux, et qui, par cela même, peuvent porter le germe de cette maladie.

Parmi les observations que j'ai recueillies, j'en ai rapporté un certain nombre qui vient justifier les succès que j'ai obtenus.

Enfin, sachant combien le temps et la patience du lecteur doivent être ménagés, j'ai rendu cet écrit aussi concis qu'il m'a été possible de le faire, tout en le mettant à la portée des personnes qui veulent s'éclairer sur leurs maladies, et chercher le moyen d'y mettre un terme.

MÉMOIRE

SUR

UN NOUVEAU MODE DE TRAITEMENT

POUR LA

GUÉRISON DES DARTRES.

CONSIDÉRATIONS GÉNÉRALES SUR LES DARTRES.

LES dartres sont un assemblage d'un grand nombre de petites pustules prurigineuses, n'ayant que peu ou point d'élévation, et formant des plaques plus ou moins étendues sur différentes parties du corps. Elles affectent presque toujours une marche lente et chronique, n'ont que très-rarement leur période de décroissement, mais, au contraire, acquièrent une intensité d'autant plus grande, qu'elles s'éloignent davantage de l'époque où elles ont pris naissance. Quelque intimes que soient les rapports qui lient les différentes espèces de dartres, quelque frappans que soient leurs traits de ressemblance, elles se présentent cependant sous les formes les plus variées. Tantôt elles se manifestent par de légères exfoliations de l'épiderme, qui ressemblent aux molécules de la farine, aux écailles du son ; tantôt ce sont des écailles plus ou moins larges, qui laissent échapper une matière âcre et ichoreuse, tombent et sont bientôt remplacées par d'autres; quelquefois ce sont des croûtes épaisses, jaunâtres ou verdâtres, qui affectent différentes formes. Tantôt ce sont des phlyctènes, des pustules; dans d'autres cas, ce sont des ulcères horribles, d'où s'échappe une sanie brûlante et corrosive. De combien de genres de dégradations l'enveloppe cutanée n'est-elle pas susceptible!

Les dartres varient selon leur type, leurs causes, leurs phénomènes, leur durée et les virus qui les fomentent. Elles sont accompagnées d'accidens qui leur sont communs, tandis que d'autres sont particuliers à chacune d'elles; un symptôme commun à toutes, est cette aspérité de la région de la peau qui entoure la dartre, et établit la démarcation de la partie saine, d'avec celle qui ne l'est pas. Si on examine cet exanthème avec une forte loupe, on aperçoit des petites vésicules lymphatiques, dont chacune est circonscrite par un bord rougeâtre. Quelquefois ce sont des petits boutons rouges, qu'accompagne une démangeaison plus ou moins considérable. Tels sont les symptômes communs à presque toutes les dartres. Un autre caractère, qui leur est encore commun, est de croître par degrés, et de s'étendre aux parties voisines; en sorte que l'apparition d'une dartre annonce une éruption prochaine dans d'autres parties quelquefois très-éloignées de la première. Enfin elles tourmentent particulièrement les malades dans les premiers momens consacrés au sommeil.

Quoiqu'elles puissent atteindre indistincte-
ment toutes les parties de nos tégumens, cependant elles ont cela de particulier, que chaque
espèce paraît néanmoins occuper une partie
plutôt qu'une autre; ainsi la dartre farineuse se
déclare généralement sur les endroits de la peau
qui sont d'un tissu ferme et serré, au voisinage
des aponévroses; de là vient qu'on la rencontre
quelquefois sur le cuir chevelu. La dartre écailleuse se déclare le plus souvent aux oreilles, au
nez, au menton, aux mamelons, à l'anus, au
périnée, à la partie interne des cuisses, aux
parties génitales. La dartre croûteuse se manifeste
ordinairement sur le milieu de la joue, et même
sur les deux, dans les points correspondans au ré-
seau capillaire qui les colore. La dartre rongeante dévore les lèvres, les ailes du nez. La
dartre boutonneuse tourmente le menton, le
front, le derrière des épaules. Enfin chacune
d'elles semble affectionner davantage telle ou
telle partie de la peau, et je ne serais pas éloi-
gné de penser que c'est à sa texture plus ou
moins serrée, plus ou moins délicate, que sont
dues les formes particulières qu'affecte chaque
espèce de dartres.

Les démangeaisons et les douleurs qu'elles
suscitent, varient autant qu'elles-mêmes. Tantôt
le prurit est presque nul, tantôt il est très-vif,
même insupportable; les douleurs peuvent être
sourdes, dévorantes, et quelquefois atroces.

L'éruption des dartres, quoique prompte et
subite, ne se fait jamais avec une sorte de vio-

lence, ou du moins cela arrive très-rarement. Elles n'attaquent pas toujours une ou plusieurs parties du corps; mais leurs ravages sont souvent si étendus, que toute la peau se trouve infectée ; quelquefois elles font tomber les cheveux ou en altèrent la couleur. « Croira-t-on, dit M. *Alibert,*
» que les dartres se propagent dans certains cas
» jusque sous les ongles, et en provoquent la
» chute ? Dans cet envahissement universel des
» tégumens, le derme contracte un endurcisse-
» ment considérable; dans d'autres circons-
» tances, la peau devient d'une ténuité extraor-
» dinaire, se resserre, et simule à s'y méprendre
» les ravages de la brûlure. »

Les affections dartreuses se déplacent facile-ment pour se manifester ailleurs ; souvent réper-cutées, elles ont produit, selon les organes sur lesquels s'opère le transport, des convulsions, des aliénations d'esprit, des maladies de poitrine, du foie, des anévrismes, des rétentions d'urine.

On lit dans les *Transactions philosophiques,* que la répercussion des dartres a quelquefois occasionné *le mutisme.*

Voici deux exemples des plus funestes résultats de leur disparition subite ; je les ai recueillis dans l'ouvrage de *Raymond* de Marseille. « Une
» dame âgée de vingt-huit ans, d'une constitu-
» tion bilieuse, était atteinte d'une dartre qui
» occupait le creux des mains ; comme elle en
» était très-incommodée, elle la traita avec de
» l'eau salée, ce qui la fit disparaître très-rapide.
» ment; mais, peu de tems après, cette dame

» parut triste et rêveuse; elle éprouva des pe-
» santeurs de tête, de l'assoupissement, devint
» plus sensible, et finit par tomber dans l'épi-
» lepsie ; ses accès étaient irréguliers, et ne
» laissaient aucun doute sur leur caractère : perte
» de connaissance subite, roideur tétanique,
» ou mouvemens précipités ou violens des
» muscles, respiration très-difficile, écume à la
» bouche, etc. L'histoire de la maladie fit bien-
» tôt reconnaître que tout ce désordre était dû
» à la répercussion de la dartre.

» Un monsieur portait sur toute la partie inté-
» rieure des cuisses, une dartre écailleuse, qui
» lui occasionnait des démangeaisons insuppor-
» tables ; il se sentit un jour délivré de tout
» prurit. Aussitôt une affection du cerveau, ca-
» ractérisée par un profond assoupissement, se
» développa, et il succomba. »

Les dartres ne se bornent pas à porter leurs
ravages sur la peau ; elles se propagent même
sur les membranes muqueuses qui tapissent le
nez, la bouche, les oreilles, l'intérieur de l'estomac et des intestins.

Cette remarque n'avait pas échappé à l'im-
mortel *Hippocrate*, qui avait observé que souvent ces affections se portent sur la vessie,
organe qui est également tapissé par ce tissu
muqueux.

Le professeur *Alibert* rapporte un exemple
déchirant, qui vient confirmer l'assertion émise
plus haut.

« Une dame âgée de soixante-cinq ans, avait

» une dartre écailleuse humide, qui lui cou-
» vrait toute la partie antérieure du ventre.
» On s'avisa d'arrêter ce suintement considérable
» avec de la farine très-chaude. Qu'arriva-t-il ?
» L'éruption s'évanouit le huitième jour de
» cette application funeste ; mais depuis cette
» époque la malade éprouve un sentiment de
» cuisson insupportable dans l'intérieur de l'es-
» tomac et des intestins ; elle est dévorée d'une
» soif ardente, qui la contraint à boire dans
» tous les instans du jour, et cette soif n'est
» jamais étanchée, quoique la malade porte
» toujours avec elle des bouteilles remplies de
» liqueurs mucilagineuses et rafraîchissantes ;
» sa salive est devenue épaisse, fétide et comme
» plâtreuse. Pour comble d'infortune, ses yeux
» sont totalement perdus ; la malade est con-
» tinuellement dans les larmes et dans le dé-
» sespoir. »

Que de faits ne pourrais-je pas citer, qui
prouvent tous les dangers de ces affections ré-
percutées !

Il y a des maladies vraiment dartreuses, qui
ne forment cependant aucune éruption vers la
peau pendant très-long-temps, et ce n'est que
vers la fin de leurs cours, lorsque toutes les humeurs sont viciées et tout espoir de guérison
anéanti, que les dartres se manifestent.

Plusieurs maladies, qui semblent, au premier
aspect, ne rien tenir du caractère dartreux,
doivent souvent leur origine et leur ténacité
à cette espèce de virus. Telles sont la plupart

des maladies des yeux, celles des oreilles et des autres organes des sens ; quelquefois même l'apoplexie et la paralysie. Il y a des hémorrhoïdes dartreuses, et on a vu les dartres remplacer ou accompagner cet écoulement à une certaine époque de la vie ; il en est de même à l'égard des rhumatismes et des gonflemens douloureux et sans rougeur des articulations. Les dartres sont donc en général une des causes les plus fréquentes d'un grand nombre de maladies ; elles se transportent, comme nous avons eu occasion de le dire, sur le foie, sur le poumon, et produisent les résultats les plus funestes. Quand les règles cessent chez les femmes, ou bien des hémorrhoïdes, ce qui leur est commun avec les hommes, les dartres paraissent, et non-seulement la superficie du corps se trouve affectée, mais encore des organes intérieurs essentiels, le cerveau par exemple, d'où naît la mélancolie et différentes autres maladies qui lui sont particulières ; chez les femmes, les fleurs blanches emportent le plus ordinairement tout ce qui pourrait se porter à la peau sous forme dartreuse, mais cet écoulement n'est nullement critique, puisqu'elles deviennent souvent stériles.

Les affections dartreuses sont peu dangereuses dans la jeunesse, à moins que des enfans ne les aient reçues de leurs parens comme un funeste héritage. Elles se dissipent souvent chez les êtres débiles, lorsque leur organisation acquiert un développement plus considérable. Chez les vieillards, au contraire, elles ont plus de gravité, la transpiration s'opérant moins bien dans un âge avancé ; l'humeur, qui en est la source, obstrue toutes les glandes : c'est alors que les dartres doivent être regardées comme autant d'émonctoires, autant de cautères formés par la nature pour servir à l'évacuation de cette humeur, qui lui est si préjudiciable ; dans ce cas la lymphe est devenue, pour ainsi dire, toute dartreuse, et quand ces affections ne se manifestent pas, ou qu'elles disparaissent spontanément les viscères s'engorgent, une suppuration lente détruit leur organisation, et les malades succombent dans des angoisses déchirantes.

Je ne dois pas terminer cet aperçu général sur les affections dartreuses, sans parler de leurs complications et des rapports qu'elles ont avec d'autres maladies.

Les dartres s'allient souvent à l'affection écrouelleuse, syphilitique et scorbutique ; l'appréciation des phénomènes particuliers à chacune de ces maladies, la physionomie qu'elles leur impriment ne peuvent faire méconnaître ces complications, qui ne laissent pas que d'être fréquentes, et dont la connaissance est du plus haut intérêt.

Les dartres ne me paraissent différer de la teigne que par les parties qu'elles occupent. La première de ces maladies attaque une ou plusieurs parties du corps, tandis que la teigne se manifeste le plus souvent sur la partie chevelue de la tête ; elle peut même se manifester

(dans des cas rares à la vérité) sur les épaules, la poitrine et les bras, caractères qui, ce me semble, établissent entre ces maladies la plus grande identité, et que vient encore confirmer le mode de traitement, qui est le même pour toutes les deux.

Les *éphélides*, appelées vulgairement *taches de rousseur*, ont aussi avec les dartres une telle similitude, que je dois dire un mot de ces affections de la peau, caractérisées par des taches dont la couleur varie suivant les idiosyncrasies, les tempéramens et beaucoup d'autres circonstances ; souvent elles sont jaunes et safranées ; d'autres fois elles sont fauves, comparables aux feuilles mortes de certains arbres ; d'autres fois, mais plus rarement, noirâtres, de formes et dimensions très-variables, souvent isolées, souvent réunies en groupes plus ou moins nombreux ; ces taches ne s'élèvent pas ordinairement au-dessus du niveau des tégumens, surtout lorsqu'elles se développent sur une peau blanche et fine.

Quelquefois cependant, comme le fait observer le docteur *Frank* et plusieurs praticiens, les points maculés sont légèrement proéminens ; leur surface est sèche et devient le siége d'une démangeaison qui augmente par la chaleur ; plus tard l'épiderme se fendille et une véritable desquammation s'opère. Ces phénomènes établissent donc, d'une manière positive, les rapports intimes qui existent entre ces maladies et les dartres : souvent ne voit-on pas celles-ci se convertir en véritables *éphélides,* et à leur tour celles-là en véritables dartres. Enfin, le mode de traitement, qui est le même pour ces deux affections , est un trait de plus qui vient confirmer leur analogie.

CLASSIFICATION

DES

DIFFÉRENTES ESPÈCES DE DARTRES.

ESPÈCE PREMIÈRE.

Dartre furfuracée, *herpes furfuraceus* (1).

Dartre se manifestant sur une ou plusieurs parties des tégumens, par de légères exfoliations de l'épiderme, semblables à de la farine ou à du son ; tantôt ces petites écailles sont très-adhérentes à la peau, tantôt elles s'en détachent avec une extrême facilité.

A cette espèce se rallient les variétés suivantes :

1° Dartre furfuracée volante, *herpes furfuraceus volitans.* — Elle est ainsi appelée à cause de son caractère ambulant. Il faut observer en outre que la matière farineuse qui la constitue, s'enlève quelquefois de la peau avec une très-grande facilité. Les individus qui ont les cheveux blonds ou roux, la peau blanche et sans énergie, y sont les plus exposés.

2° Dartre furfuracée arrondie, *herpes furfuraceus circinnatus.* — Elle forme sur la peau des plaques circulaires ou arrondies, dont les bords sont plus rudes et plus élevés que le milieu :

(1) *Sauvages* l'appelle dartre farineuse.

souvent même, à mesure que les plaques s'agrandissent, leur centre devient parfaitement sain et reprend sa couleur naturelle. Elle attaque ordinairement des sujets forts et robustes, chez lesquels prédomine le tempérament bilieux et sanguin ; elle se manifeste de préférence aux bras, aux jambes, particulièrement au voisinage des articulations du coude et du genou.

ESPÈCE DEUXIÈME.

Dartre squammeuse ou écailleuse, *herpes squammosus*.

Dartre se manifestant sur une ou plusieurs parties des tégumens par des exfoliations de l'épiderme en écailles plus larges que dans l'espèce précédente. Ces exfoliations s'enlèvent aisément de la peau ; souvent même elles tombent spontanément à mesure qu'elles se dessèchent.

Cette espèce présente quatre variétés :

1° Dartre squammeuse humide, *herpes squammosus madidans.* — La peau exhale presque continuellement une humeur ichoreuse, qui ressemble à des gouttes de rosée, et qui est quelquefois très-abondante. Cette dartre se manifeste le plus communément aux oreilles, au nez, à la bouche, aux parties génitales ; souvent elle occupe tout le système dermoïde.

2° Dartre squammeuse orbiculaire, *herpes squammosus orbicularis.*—Elle est le plus souvent sèche et présente quelquefois l'aspect de plusieurs cercles concentriques; elle forme des écailles sèches qui tombent et se renouvellent successivement; elle occupe ordinairement le milieu et le tissu graisseux des joues; elle est beaucoup plus vive dans certaines constitutions atmosphériques que dans d'autres.

3° Dartre squammeuse centrifuge, *herpes squammosus centrifugus.* — On aperçoit dans le creux des deux mains des cercles ou points orbiculaires, résultant du desséchement de l'épiderme qui blanchit. Ces cercles, plus ou moins nombreux, vont en s'agrandissant du centre à la circonférence, jusqu'à ce que la main se trouve totalement dépouillée; alors l'épiderme se reproduit, et l'affection dartreuse disparaît entièrement.

4° Dartre squammeuse lichénoïde, *herpes squammosus lichenoides.* — Elle est formée par des écailles dures, coriaces, blanchâtres, exactement analogues à des lichens par leur couleur et leur consistance.

ESPÈCE TROISIÈME.

Dartre crustacée ou croûteuse, *herpes crustaceus.*

Dartre se manifestant sur une ou plusieurs parties des tégumens par des croûtes jaunes, grises, blanchâtres et verdâtres, de formes variées. Ces croûtes tombent et sont remplacées par d'autres, ou restent plus ou moins adhérentes au système dermoïde.

A cette espèce se rapportent trois variétés:

1° Dartre crustacée flavescente, *herpes crustaceus flavescens.* — Cette dartre est le résultat d'un suintement croûteux , dont la couleur jaune présente l'aspect du miel lorsqu'il est desséché, ou des sucs gommeux de certains arbres. Sa marche a quelque analogie avec celle de l'érysipèle. Le tissu cellulaire est un peu gonflé. Elle occupe ordinairement le milieu de l'une ou des deux joues, rarement d'autres parties du corps.

2° Dartre crustacée stalactiforme, *herpes crustaceus procumbens.* — Elle est ainsi appelée, parce que la croûte qui la forme pend communément à la manière des stalactites : elle attaque toujours les ailes du nez.

3° Dartre crustacée en forme de mousse, *herpes crustaceus musciformis.* — Cette dartre, ainsi appelée à cause de sa ressemblance avec la mousse, est formée de croûtes d'un gris verdâtre, et entourée d'une aréole rouge qui enchâsse pour ainsi dire la peau. Celle-ci est toujours un peu tuméfiée : de là vient que les croûtes s'enlèvent très-difficilement. M. *Alibert* a observé cette dartre sur les mains, au-dessus du genou, sur le visage. Le bouton large qui la forme, se dépouille quelquefois de sa couche croûteuse; alors on voit dessous une sorte de bourgeon charnu , proéminent , couvert de petites granulations sur lesquelles se concrète la matière ichoreuse.

ESPÈCE QUATRIÈME.

Dartre rongeante, *herpes exedens.*

Dartre se manifestant sur une ou plusieurs parties des tégumens, par des boutons pustuleux ou ulcères rongeans qui fournissent un pus ichoreux et fétide. Ces boutons ou ulcères ne se bornent point à la peau ; ils attaquent et corrodent les muscles et les cartilages ; ils s'étendent même quelquefois jusqu'aux os.

On distingue trois variétés de cette espèce :

1º Dartre rongeante idiopathique, *herpes exedens idiopathicus.* — M. *Alibert* nomme ainsi celle qui survient sans aucune cause apparente, et quelquefois même chez des individus qui paraissent très-sains.

2º Dartre rongeante scrophuleuse, *herpes exedens scrophulosus.* — Cette dartre, très-commune, doit son nom à la diathèse scrophuleuse concomitante.

3º Dartre rongeante vénérienne, *herpes exedens syphiliticus.* — Elle doit son nom à sa complication avec une affection syphilitique.

ESPÈCE CINQUIÈME.

Dartre pustuleuse, *herpes pustulosus* (1).

Dartre qui se manifeste sur une ou plusieurs parties des tégumens, par des pustules plus ou

(1) *Sauvages* l'appelle dartre boutonneuse.

moins volumineuses, plus ou moins rappro- chées. La matière contenue dans ces pustules se dessèche et forme des écailles et des croûtes légères qui tombent, et sont communément remplacées par des taches rougeâtres.

Les variétés de cette espèce se réduisent à quatre :

1° Dartre pustuleuse mentagre, *herpes pustulosus mentagra.* — Elle est ainsi appelée parce qu'elle occupe ordinairement le menton. Elle est très-opiniâtre chez l'homme, à cause de l'irritation entretenue par l'action du rasoir.

2° Dartre pustuleuse couperose, *herpes pustulosus gutta-rosa.* — Elle occupe principalement le nez, le haut des joues, les pommettes et surtout le front. Elle est souvent compliquée d'une affection scorbutique des gencives. Ceux qui boivent habituellement et avec excès des liqueurs spiritueuses y sont très-sujets.

3° Dartre pustuleuse miliaire, *herpes pustulosus miliaris.* — Elle est formée de petits grains blanchâtres et luisans, absolument comme des grains de millet. Elle attaque souvent le front des jeunes filles qui approchent de la puberté.

4° Dartre pustuleuse disséminée, *Herpes pustulosus disseminatus.* — Elle est composée de boutons rougeâtres, dispersés çà et là sur la peau. Ces boutons, plus gros que ceux des variétés précédentes, sont très-opiniâtres ; et lorsqu'ils viennent à s'éteindre, ils laissent des taches d'un rouge sale ; ils se manifestent ordinairement sur la poitrine, derrière les épaules, quelquefois sur le visage.

ESPÈCE SIXIÈME.

Dartre phlycténoïde, *herpes phlyctenoïdes*; aussi appelée *dartre vésiculaire*.

Dartre se manifestant sur une ou plusieurs parties des tégumens, par des phlyctènes de forme et de grandeur variées; ces phlyctènes, produites par le soulèvement de l'épiderme et remplies d'une sérosité ichoreuse, laissent après leur dessication des écailles rougeâtres, analogues à celles qui suivent la terminaison de l'érysipèle.

On observe deux variétés de cette espèce :

1° Dartre phlycténoïde confluente, *herpes phlyctenoïdes confluens*. — Les vésicules sont répandues en si grand nombre sur toute la surface du corps, qu'elles se touchent et se confondent : l'on observe néanmoins entre elles des échancrures.

M. *Alibert* a vu deux cas dans ce genre dont l'issue a été funeste. J'ai été moi-même témoin d'un fait semblable. L'autopsie cadavérique démontra que de semblables phlyctènes s'étaient formées dans l'intérieur de la bouche, de l'estomac et du conduit intestinal.

2° Dartre phlycténoïde en zone, *herhes phlyctenoïdes zonæformis*. — M. *Alibert* admet comme deuxième variété de la dartre phlycténoïde le *zona* que d'autres auteurs ont mis au rang des érysipèles. En effet tous les phé-

nomènes qui constituent sa marche, justifient
ce rapprochement. La dartre phlycténoïde dont
il s'agit, se déclare par des vésicules pisiformes
très-prurigineuses, qui se réunissent en corymbe
et s'étendent en manière de ceinture depuis
l'épine du dos jusqu'à la ligne blanche. Il est
très-remarquable que cette éruption n'occupe
constamment qu'un seul côté du corps : du
moins les exemples contraires sont-ils rares.
Elle rampe tantôt au-dessus tantôt au-dessous
de l'ombilic.

ESPÈCE SEPTIÈME.

Dartre érythémoïde, *herpes erythemoides*.

Dartre se manifestant sur une ou plusieurs
parties des tégumens par des élevures rouges
et enflammées, produites par le gonflement
du tissu cutané. Elles se terminent à la longue
par de légères exfoliations de l'épiderme, analogues à celles de l'érythème. M. *Alibert* n'a
point établi de variétés de cette espèce; il en
propose une sous le nom de *herpes erythemoides urticatüs*, parce que, dit-il, les élevures
rougeâtres et comme bullées ressemblent aux
vésicules plates que fait naître sur la peau la
percussion des orties; elles excitent une démangeaison brûlante. Les causes qui la produisent sont la chaleur de l'atmosphère, des
alimens salés ou des liqueurs alcoholisées, et,
en général, tout irritant quelconque. Les éle-

vures **ou** saillies cutanées paraissent brusque-
ment et cessent de même, sans exudation ni
desquammation ; mais elles ne s'évanouissent
sur une partie que pour se porter sur une autre,
et la durée de cette exanthème est aussi plus ou
moins prolongée.

DES CAUSES

DES AFFECTIONS DARTREUSES.

Les causes des affections dartreuses peuvent être divisées en deux grandes classes : les unes sont organiques, c'est-à-dire inhérentes au sujet même ; les autres sont intérieures ou accidentelles. Une des causes principales appartenant à la première classe est le virus dartreux transmis des pères aux enfans. *Lorry* ne pense pas que l'on puisse nier la possibilité et l'existence de cette transmission ; j'ai, d'ailleurs, des faits qui la prouvent, et telle est l'opinion du professeur *Alibert*, qu'il étaye de plusieurs observations. « J'ai donné, dit-il, des soins à une famille dans » laquelle tous les mâles, au nombre de trois, » étaient tourmentés de la dartre pustuleuse » mentagre ; il y avait deux filles, toutes les deux » atteintes de la pustuleuse disséminée. Le même » accident s'était montré chez leur père et leur » aïeul. » Je dois faire ici une observation fort importante : c'est que cette disposition héréditaire, dont les progrès donnent naissance à une maladie si cruelle, mérite d'être observée dès son origine, afin que l'on puisse prévenir les maux dont elle menace ceux qui en portent le germe. Ses commencemens se manifestent par de petits boutons épars çà et là, qui n'incommodent que par un léger prurit, et dont on s'aperçoit à peine lorsque le visage n'en est pas le siége. Plutôt que de s'assujettir dès cette époque à un traitement convenable, on se fie trop à une santé d'ailleurs florissante; mais bientôt cette éruption dartreuse, qui n'eût été rien dès son principe, se développe avec force, et si on ne s'empresse de l'arrêter dans sa marche, les individus ainsi affectés tombent dans un marasme dont les progrès sont lents et insensibles. Lorsque le mal a fait une impression marquée sur l'économie animale, que l'inquiétude, la mélancolie s'emparent d'eux, et que leur dépérissement n'est plus une chose douteuse, si on les examine, on trouve le bas-ventre dans un état de dépression et de desséchement considérable, la rate paraît quelquefois endurcie, et en général, les viscères abdominaux font éprouver un sentiment de douleur, et les jambes sont un peu enflées.

Dans la dernière période de cette affreuse maladie, toutes les glandes, tous les viscères sont infectés; et des dépôts chroniques du vice dartreux produisent ou des suppurations, ou des squirrhes contre lesquels tous les secours de l'art sont inutiles.

Au nombre des causes organiques qui semblent disposer davantage aux affections dartreuses, on doit compter l'influence de l'organisation physique ; aussi a-t-on observé qu'elles se développent le plus souvent chez les personnes d'un tempérament lymphatique. Elles se montrent aussi après la disparition des hémorrhoïdes, le desséchement de certains ulcères, et la suppression des règles, ou de toute autre évacuation naturelle ou artificielle, telle qu'un cautère.

On voit aussi ces maladies se développer avec assez d'intensité chez les femmes qui ont atteint leur âge critique.

Les dartres peuvent devoir leur origine aux ravages de la petite vérole, de la rougeole et de la gale. Elles tiennent souvent à un vice syphilitique, scrophuleux ou scorbutique. Les maladies du foie, de la rate et des autres viscères du bas-ventre y donnent quelquefois lieu. On les voit se manifester à la suite des couches avec une très-grande intensité ; elles ont alors reçu, peut-être mal à propos, le nom de *dartres laiteuses*. J'en ai guéri plusieurs qui avaient leur siége aux parties génitales, et qui ne laissaient pas un moment de calme aux personnes qui en étaient atteintes, tant les démangeaisons qu'elles suscitaient étaient insupportables.

Il me reste à parler maintenant des causes intérieures qui favorisent le développement des dartres. On a observé qu'elles sont plus communes dans les pays chauds, que dans les climats tempérés ou les régions septentrionales. L'organe cutané, plus vivement excité par la chaleur et la lumière solaires, y devient le siége d'exanthèmes de toute espèce : les affections lépreuses, l'éléphantiasis, le mal rouge, l'yauws, le pian, etc., sont inconnus dans les pays du nord, et régnent endémiquement en Égypte, à Cayenne, à Java, etc. Dans les contrées où nous vivons, c'est durant l'été que les affections dartreuses se déclarent : elles doivent aussi leur origine aux habitations humides, malpropres, et peu aérées. Souvent elles dépendent d'une nourriture malsaine et de difficile digestion, telle que les viandes salées, fumées, séchées, les vins verts, acerbes, les eaux stagnantes ou corrompues. Elles doivent quelquefois leur naissance à des causes mécaniques, telles que des coups ; j'ai vu plusieurs dartres rongeantes, qui n'avaient pas d'autre origine. La fatigue, les veilles, les travaux de cabinet, la vie sédentaire, occasionnent souvent les affections dartreuses. Mais une des causes qui selon moi a le plus d'influence sur le développement de ces maladies, c'est sans contredit les peines morales ; elles pervertissent, affaiblissent notre raison, minent sourdement les ressorts de notre organisation, et ont une telle influence sur l'enveloppe cutanée, qu'elles détériorent sa texture, sa couleur, ses propriétés vitales, et laissent sur tous nos traits des traces indélébiles de nos souffrances.

Grand nombre d'observations m'ont éclairé sur toute l'influence que peuvent avoir les troubles moraux sur le développement des affections dartreuses ; il me suffira d'en rappeler une seule, dont le souvenir ne s'échappera jamais de ma mémoire.

Madame de B.... habitait Nîmes, lorsque les troubles de 1815 éclatèrent ; sa maison fut saccagée ; son mari, égorgé, mourut victime de ses opinions politiques ; elle n'échappa qu'avec peine au fer des assassins, qui portaient la désolation et la mort dans cette malheureuse contrée. Il semblait que le malheur s'attachait à ses pas, car elle venait de perdre un fils qu'elle chérissait tendrement, ce qui avait déjà beaucoup altéré sa santé. En proie à la douleur la plus amère, elle quitta ce sol ensanglanté, et vint à Paris auprès d'une sœur qu'elle y avait. Tout faisait espérer que le tems et les consolations de l'amitié apporteraient quelque calme au chagrin profond qui la dévorait : vain espoir ! Sa santé se détériorait tous les jours de plus en plus ; à peine pouvait-elle goûter quelques instans de repos ; des rêves affreux venaient déchirer son âme ; la plus grande vigilance ne l'empêchait pas quelquefois de sortir spontanément de son lit, et de parcourir son appartement à moitié éveillée et dans un état presque comparable au somnambulisme ; rien ne pouvait apporter du calme à son affreuse situation. Cependant une dartre croûteuse se développa sur toute la figure et la partie antérieure de la poitrine. Les progrès de l'inflammation qui l'accompagnait furent tels que la tête devint énorme. Les traits de cette dame étaient tellement décomposés, qu'elle était méconnaissable. A l'aide d'une saignée et de sangsues appliquées au cou, la tête revint à son état naturel ;

mais l'éruption croûteuse subsista et des ulcérations très-profondes se formèrent ; une
humeur fétide et très-abondante s'en échappait.
des moyens adaptés à sa position furent mis
en usage ; en peu de jours sa position physique s'améliora, mais sa mélancolie augmen-
tait ; elle ne répondait à aucune des ques-
tions qu'on lui adressait ; elle semblait méditer
quelque funeste projet. Un jour, sous un pré-
texte, elle renvoya sa garde, s'enferma chez
elle et accomplit un affreux suicide. On trouva
cette infortunée, à peine âgée de trente-six ans,
baignée dans son sang ; elle s'était donné la
mort à l'aide d'un couteau ; elle venait d'expi-
rer ! Jetons un voile sur cette scène d'horreur
et de désolation trop affligeante pour l'huma-
nité !

J'ai signalé les principales causes qui produisent les affections dartreuses ; elles sont
tellement multipliées qu'il deviendrait fastidieux
de les passer toutes en revue, et d'ailleurs le
pourrai-je ,lorsque leur appréciation est souvent
si difficile, je dirai même impossible ?

TRAITEMENT

DES

AFFECTIONS DARTREUSES.

EXAMEN DES DIFFÉRENS MOYENS JOURNELLEMENT EMPLOYÉS.

APPLICATION DU NOUVEAU MODE DE TRAITEMENT.

La cure des dartres doit être regardée comme une des plus difficiles que présente l'exercice de la médecine. Quels moyens n'a-t-on pas employés pour les combattre? On a tour à tour mis en usage et avec un succès peu marqué, les bois sudorifiques qui n'agissent que faiblement sur tout l'appareil des vaisseaux lymphathiques. Les plantes amères et excitantes, telles que la patience, la scabieuse, la fumeterre, la saponaire, la douce-amère, la bardane, la pensée sauvage, le cresson, le raifort sauvage et différens autres végétaux dont on nous a trop vanté les heureux résultats, ne se sont quelquefois montrés utiles que parce que les affections dartreuses étaient liées à d'autres maladies débilitantes, telles que le scorbut, les écrouelles et la consomption. On a aussi préconisé avec un zèle outré les préparations antimoniales et mercurielles. J'avoue que lorsque les maladies dont il est question doivent leur origine à un virus syphilitique, ces préparations, combinées avec d'autres moyens et convenablement maniées, m'ont été quelquefois d'un grand secours.

Les préparations sulfureuses administrées sous toutes les formes ne comptent que quelque succès, et combien de malades n'ai-je pas vus, qui depuis nombre d'années étaient infructueusement soumis à ce genre de médication ! Toutefois, si les boissons sulfureuses et les bains de même nature ont pu être de quelque utilité, ce n'est que dans les affections dartreuses très-légères, et encore les médecins qui les ont prescrites font-ils observer qu'il est des circonstances où il importe de les interdire, particulièrement chez les individus qui sont tourmentés par d'autres maladies, comme par exemple chez certains goutteux, chez des épileptiques et des convulsionnaires. J'ai souvent vu des personnes sous l'influence des préparations sulfureuses, contracter des irritations de poitrine qui auraient pu avoir les plus graves résultats, si ces préparations n'eussent été discontinuées.

Pour signaler les dangers des moyens astringens et répercussifs dont font usage beaucoup d'empiriques, je me bornerai à rappeler le cas suivant dont j'ai été le témoin. L'aumônier de l'hospice des Incurables, situé faubourg Saint-Martin, en a été le sujet; cet ecclésiastique, âgé de quarante ans environ, d'une constitution maigre et nerveuse, portait au nez et sur la partie supérieure des mains des dartres croûteuses ; il ne consulta aucun médecin sur cette affection ; on lui indiqua pour la faire disparaître une pommade répercussive dont il fit usage. Cette éruption disparut au bout de quelques jours ; mais en même temps la fièvre et la toux se déclarèrent ; sa respiration était gênée ; par esprit de religion il refusa les secours de la médecine, regardant sa maladie comme une mortification qui pouvait concourir au salut de son âme. Sa position empira ; il expectorait tous les jours abondamment ; il était d'une faiblesse extrême, et des sueurs continues venaient encore aggraver sa position. Cependant la consomption, suite inévitable d'une phthisie pulmonaire si avancée, le mena en peu de tems au marasme le plus complet et enfin détermina sa mort.

Comme cette dissertation n'a pour objet que de montrer l'efficacité du nouveau mode de traitement, je n'ai dû que passer très-légèrement sur l'emploi des autres moyens médicinaux ; moyens qui, je dois ici l'avouer, peuvent être de quelque avantage, mais seulement employés comme auxiliaires. On verra dans le cours de cet ouvrage, que je n'ai pas refusé d'associer plusieurs fois au nouveau procédé, les amers, les anti-syphilitiques et les anti-scorbutiques.

Trois indications à remplir se présentent pour parvenir à la guérison des affections dartreuses : favoriser la transpiration insensible, entretenir la liberté du ventre, et exciter la suppuration de la partie affectée. *Ambroise Paré*, ce père de la chirurgie, avait entrevu une partie de cette méthode, que j'ai développée, car il appliquait quelquefois avec succès un vésicatoire sur l'éruption dartreuse. Mais outre qu'un moyen semblable ne peut également bien s'adapter à toutes les parties affectées, qui ont souvent une très-grande étendue, et qu'en outre il laisse toujours des cicatrices indélébiles, il a aussi l'inconvénient de n'agir que trop superficiellement, et de ne pas favoriser assez la sortie du virus herpétique.

L'habitude de diriger continuellement mon attention vers ce genre de maladies, m'a mis à même de faire les essais les plus nombreux, et d'apprécier à leur juste valeur les moyens qui ont été proposés jusqu'à ce jour. Profitant des progrès de la chimie, et à l'aide d'heureuses combinaisons dont l'expérience m'a démontré l'efficacité, j'emploie tous les jours avec le plus grand succès un procédé qui, analogue à celui d'*Ambroise Paré*, en a tous les avantages sans en avoir les inconvéniens.

Quoique les affections dartreuses se présentent le plus souvent avec un état de langueur dans la vitalité de la partie qui en est le siége, il n'en est pas moins indispensable, pour éviter de graves inconvéniens résultant de la pratique exclusive d'un moyen, de rappeler ici la division qui doit être établie dans la plupart des maladies, je veux parler de l'état aigu et de l'état chronique. En effet, si la dartre est rouge, douloureuse, si la sensibilité est fortement développée dans la partie malade, il faut se borner à combattre l'irritation par les applications émollientes, les bains tièdes, les boissons délayantes, un régime doux et végétal et quelquefois par les saignées locales et générales.

Cependant, il faut l'avouer, ces moyens ne suffisent que très-rarement pour compléter la guérison. Les affections dartreuses présentent bien, il est vrai, des alternatives d'irritation et de chronicité; mais cette dernière forme leur est plus familière, et si dans le cours du traitement les propriétés vitales de la surface malade, réveillées trop vivement par l'action stimulante des médicamens employés, exigent momentanément l'administration d'une médication tempérante, le praticien ne se voit pas moins forcé, lorsque la sensibilité de la partie a repris son rhythme normal, de recourir à des moyens énergiques : c'est alors avec tout l'avantage possible qu'on peut soumettre les malades au mode de traitement dont il est question, en ayant cependant égard à leur âge, à leur tempérament et à la gravité de la maladie. Dailleurs l'expérience a bientot appris avec quelle retenue ou quelle activité on peut procéder dans cette administration; ainsi, après lui avoir fait subir un traitement préparatoire, le malade sera mis à l'usage d'un sirop antidartreux (1). Ce sirop semble modifier d'une manière particulière l'appareil des vaisseaux exhalans qu'il ramène à leur état normal ; il ranime le ton de la peau, favorise les forces médiatrices de la nature, excite et rétablit la transpiration, dont la suppression est une des causes principales des dartres. C'est dans ce dernier sens qu'agissent les bains simples : aussi est-il facile d'expliquer de quel secours ils peuvent être, à moins qu'une contre indication ne les interdise.

A certains intervalles le malade sera purgé ; les purgatifs (2) ont non seulement l'avantage d'opérer une dérivation sur les intestins, mais encore ils entraînent les saburres des premières

(1) Ce sirop, préparé d'après ma recette, se vend chez M. Vallet, pharmacien, rue de Grenelle-Saint-Honoré, n° 33, à Paris.

(2) Les partisans de la doctrine de M. *Broussais* proscrivent généralement l'emploi des purgatifs : cependant, si l'on considère l'analogie de sensibilité qui existe entre les intestins et la peau, si avec *Bordeu* on apprécie cette correspondance que les entrailles entretiennent avec toutes les parties du corps (fait qui a servi de base aux opinions de M. *Broussais*, et duquel il déduit des conséquences telles, qu'il méconnaît les engorgemens huméraux des intestins les mieux constatés, pour n'admettre toujours que des *irritations*), il est difficile de ne pas avouer qu'il est peu de maladies où les purgatifs ne puissent réellement être avantageux. Les praticiens, qui ne se laissent jamais guider que par l'expérience qui fait toujours justice des *systèmes*, ont préconisé dans tous les temps les avantages incontestables des purgatifs dans la plupart des maladies, et particulièrement dans le traitement des affections dartreuses.

voies qui deviennent si souvent le foyer d'un grand nombre de maladies, et entre autres des affections dartreuses. Tout en profitant des avantages que les purgatifs peuvent offrir, il faut les interrompre lorsque les malades se trouvent fatigués ; il faut aussi proportionner leur dose au sexe, à l'âge, aux habitudes, au genre de vie et au tempérament des individus.

Enfin, on agit en même temps sur la partie malade à l'aide d'une ou de plusieurs applications, selon la gravité de l'affection ; si elle est générale, on choisit de préférence les endroits qui ont été les premiers attaqués, ou ceux qui peuvent se montrer plus favorables à la suppuration que l'on veut exciter.

Le lieu ayant été déterminé, on fait une application, qui, peu de temps après, excite un gonflement considérable et une suppuration abondante, mais variable cependant selon l'intensité de la maladie ; en peu de jours cette influence, occasionnée par l'accumulation des humeurs disparaît, et en même temps les démangeaisons qui accompagnent le plus souvent les affections dartreuses. Toutefois cette sécrétation purulente continue par l'emploi d'une pommade convenable. Tous les jours la peau se nettoie ; on la voit se rapprocher peu à peu de son aspect naturel, et enfin, après un temps plus ou moins long, selon la gravité de la maladie, on atteint une entière guérison, qui, pour être consolidée, exige un régime long-temps continué.

Tel est le traitement à suivre, qui exige cependant quelques modifications, selon l'ancienneté de l'affection herpétique, ou des causes qui l'ont déterminée.

RÉGIME.

Les personnes soumises à ce nouveau mode de traitement doivent éviter tout ce qui est capable d'échauffer; elles se priveront de tout ce qui est salé et épicé, elles s'abstiendront de liqueurs fortes, et ne boiront jamais que du vin bien trempé. Elles feront usage d'alimens adoucissans et rafraîchissans, tels que les plantes potagéres douces, les viandes blanches, le riz, le lait: celui de vache sera préféré, si les organes de la digestion sont en bon état; celui de chèvre s'ils sont affaiblis, et enfin quand on appréhende l'irritation, on préfère le lait d'ânesse, qui a moins de parties caséeuses, et qui relâche puissamment. On peut au reste modifier en plus ou en moins les effets du lait, en le coupant avec des décoctions d'orge, de gruau, ou des décoctions amères, si la constitution est affaiblie. Lorsque des considérations particulières essentielles engagent à proscrire l'usage du lait, on peut le remplacer par des boissons faites avec la chair de jeunes animaux. Les personnes affectées de dartres respireront un air sec et modérément chaud, se soustrairont au froid et à l'humidité, et fuiront les occupations trop sérieuses.

DES MOYENS

D'EMPÊCHER LES RÉCIDIVES.

Les affections dartreuses, comme bien d'autres maladies, sont susceptibles de se reproduire; aussi le malade devra continuer, quelque tems encore après sa guérison, le traitement et le régime prescrits. Il devra user d'alimens sains, faire un exercice modéré, et dans le but d'exciter et d'entretenir la transpiration dont la suppression est souvent une des causes des affections dartreuses, il prendra des bains simples, et fera des frictions sur tout le corps, avec un morceau de flanelle ou une brosse destinée à cet usage.

OBSERVATIONS.

PREMIÈRE SÉRIE.

Dartre furfuracée ou farineuse.

Première observation.—Mademoiselle C., âgée de vingt-un ans, d'une haute stature, d'un tempérament bilioso - lymphatique, mal réglée, éprouva des cuissons à toute la partie postérieure et latérale du cou ; un érysipèle s'y manifesta ; il envahit tout le pavillon de l'oreille et devint très-douloureux.

Des sangsues appliquées aux parties sexuelles, des bains de pied sinapisés, des lotions répétées avec une infusion de mauve et de sureau, quelques boissons délayantes, tels furent les moyens mis en usage. L'inflammation céda ; il ne restait que peu de rougeur, mais une vive démangeaison se faisait ressentir, et l'épiderme de la partie malade se convertissait en molécules farineuses faciles à enlever. Quelquesbains tièdes, le sirop dépuratif, trois purgatifs et une seule application, qui donna lieu à un écoulement considérable d'humeur, terminèrent cette maladie au bout d'un mois et demi.

Deuxième observation. — M. P..., âgé de quarante-cinq ans, d'un tempérament sanguin, éprouva subitement et sans cause connue, des démangeaisons considérables à la partie antérieure des
cuisses et des jambes; en même tems se développèrent, à deux et trois pouces de distance, des plaques dartreuses circulaires qui s'accrurent de
jour en jour et finirent par acquérir la dimension
d'une pièce de deux francs. Les démangeaisons
qu'elles suscitaient devenaient quelquefois insupportables. M. P... jouissait d'ailleurs d'une
excellente santé; il consulta un médecin qui
lui fit subir le traitement usité en pareilles circonstances; cependant depuis quinze mois il
n'avait pas obtenu la plus légère amélioration.
Désespéré de sa situation, il s'adressa à moi.

Comme la peau intermédiaire aux plaques
dartreuses était rouge, je le mis à l'usage des
bains tièdes et fis appliquer quelques cataplasmes émolliens sur les parties affectées. Comme
le sujet était pléthorique, une saignée fut pra-
tiquée au bras et il fut mis à l'usage d'une
boisson adoucissante. Sous l'influence de ces
moyens, les démangeaisons diminuèrent sensi-
blement; mais la maladie persistait et avait passé
à l'état chronique. Dès-lors je ne doutai plus
des avantages qu'il pouvait retirer du nouveau
mode de traitement; il fut à cet effet mis à l'u-
sage du sirop dépuratif, purgé à plusieurs re-
prises; des applications furent faites sur les
parties affectées; au bout de vingt-quatre
heures elles étaient très-gonflées et une humeur

considérable s'en écoulait. La suppuration fut excitée et entretenue par une pommade convenable ; peu à peu les parties revinrent à leur état naturel ; les démangeaisons cessèrent totalement, et après trois mois de traitement, M. P... obtint une entière guérison.

DEUXIÈME SÉRIE.

Dartre squammeuse ou écailleuse.

Première observation.—M. de G..., homme de lettres, d'une frêle constitution, âgé de cinquante ans, avait eu dans sa jeunesse plusieurs maladies syphilitiques qu'il présuma n'avoir jamais été bien guéries ; il fit en 1822 un voyage en Italie ; sous l'influence des chaleurs très-fortes, une dartre écailleuse se manifesta à l'anus, aux bourses et à la partie inférieure du ventre ; il ressentit en même tems des démangeaisons insupportables ; il n'éprouvait quelque soulagement qu'en se grattant au point de s'écorcher, ou en se frottant avec du fort vinaigre ; la nuit ces démangeaisons prenaient un tel degré d'accroissement par la chaleur du lit, qu'il ne pouvait trouver un seul instant de repos; *rien* disait-il, *ne pouvait exprimer ses souffrances.*

Il consulta un médecin distingué de Milan, qui le mit à l'usage des pilules de goudron, des bains de Barèges, et le faisait frotter matin et soir avec une pommade dont il ignore la composition. Cependant, à l'aide de ces moyens, il parut éprouver quelque calme ; depuis cinq mois il continuait son traitement lorsqu'il revint à Paris en 1824. Il fut à l'hôpital St.-Louis prendre des bains de vapeur ; il consulta plusieurs médecins.

Cependant sa maladie éclata avec une nouvelle violence, et ce fut à cette époque qu'il se confia à mes soins. Ses souffrances avaient acquis la même intensité qu'auparavant ; des écailles humides se détachaient des parties affectées ; une humeur âcre et corrosive suintait avec une telle abondance qu'il était obligé de se garnir. Sa santé était profondément détériorée. Mon premier soin fut de le mettre à l'usage des bouillons gélatineux et de l'extrait de quinquina ; il était nécessaire de relever ses forces épuisées. Plusieurs applications qui déterminèrent une abondante suppuration, lui rendirent bientôt le calme et la tranquillité. Persuadé que sa maladie devait son origine à une inflammation syphilitique, j'associai avec un tel avantage le sirop dépuratif, le lait, les purgatifs et les moyens que réclament cette dernière maladie, qu'au bout de près de cinq mois nous obtînmes une guérison complète.

Deuxième observation.—Madame M..., âgée de vingt-sept ans, d'un tempérament éminemment mphatique, née d'un père écrouelleux, fut dans sa jeunesse affectée de la même maladie ; cependant, vers l'âge de la puberté, époque à laquelle sa constitution s'était fortifiée, cette affection disparut et ne laissa que quelques cicatrices au cou, traces de son existence. Toutefois son oreille gauche suintait de tems en tems : elle jouissait d'ailleurs d'une bonne santé. Elle se maria, devint enceinte ; sa grossesse n'eut rien de particulier, si ce n'est que l'écoulement de l'oreille se supprima. Elle accoucha heureusement, mais des circonstances particulières l'empêchèrent de nourrir son enfant.

Vingt jours après, elle sentit sous les aisselles des démangeaisons ; ses cheveux tombaient ; en même tems elle ressentit aux parties sexuelles un vif prurit ; une inflammation considérable se développa dans ces parties ; elle céda facilement à l'usage des bains tièdes et des fumigations émollientes. Un léger suintement se manifesta ; des écailles se formèrent ; elles se détachaient et faisaient place à d'autres. La maladie prit un caractère chronique ; des applications furent réitérées non-seulement dans les parties affectées, mais encore dans celles qui les avoisinaient. Considérant que cette dartre, vulgairement appelée *dartre laiteuse*, était liée à une disposition écrouelleuse, je la combattis non-seulement par le nouveau procédé, mais encore par les préparations amères ; au bout de deux mois environ, cette dame était parfaitement guérie.

Troisième observation.—M. A..., âgé de trente-quatre ans, d'un tempérament bilioso-sanguin, très-bien constitué, eut une maladie syphilitique de laquelle il pense n'avoir jamais été bien guéri.

En 1814, il éprouva des démangeaisons à la tête; des écailles très-légères s'en détachaient. En 1815, des clous se manifestèrent sur différentes parties du corps, ils disparurent; vers cette même époque, les parties génitales, l'anus, la partie supérieure des cuisses, et les jarrets devinrent le siége d'une démangeaison violente. Différentes parties des bourses se fendillèrent; une matière âcre et ichoreuse s'en écoulait; de toutes les parties affectées se détachaient des écailles d'une très grande dimension. M. A... n'éprouvait pas un moment de calme. Le jour, le prurit se manifestait à la fois sur les différens points affectés et avec une telle violence, que, souvent obligé de se contraindre, son visage se décomposait et son agitation était telle, qu'on eût dit qu'il était tourmenté par des convulsions. La nuit, les accès de démangeaison étaient si violens, surtout aux parties génitales, qu'il se grattait au point de s'écorcher; *il lui semblait,* disait-il, *qu'une humeur âcre tendait à en sortir.* A peine pouvait-il trouver quelques instans de repos. Il fut soigné par beaucoup de médecins; il prit des sucs d'herbes, des bains de Barèges, des bains de vapeur; les parties affectées furent touchées avec la pierre infernale, avec une dissolution de vitriol vert, et de mercure. Rien ne pouvait apporter du changement à son affreuse position. Il me fut adressé; lorsque je le vis pour la première fois, il était maigre et avait le teint plombé. Gai par caractère, il était devenu mélancolique, il n'aimait que la solitude; il portait sur tous ses traits la trace des souffrances qu'il avait éprouvées. Cet infortuné était livré au plus affreux désespoir. Je calmai son esprit par l'espoir d'une guérison certaine, et je le soumis au nouveau mode de traitement, auquel j'associai les moyens anti-syphilitiques; des applications réitérées sur les parties génitales y concentrèrent l'humeur dartreuse répandue dans différentes parties du corps, et une pommade convenable en favorisa la sortie. Vingt jours s'étaient à peine écoulés, que les démangeaisons de la tête cessèrent, le prurit des parties génitales devint supportable, sa santé se fortifia, ses nuits étaient bonnes, il recouvra l'appétit et bannit sa tristesse. Tous les jours, sa position s'améliora, et il eût marché à une guérison plus prompte, si ses occupations difficiles à concilier avec le traitement auquel il était soumis n'y eussent mis obstacle. Enfin, jouissant aujourd'hui d'une bonne santé, il n'éprouve d'une maladie qui avait dix ans d'existence, que de légers vertiges qui réclament encore quelques soins. Ce qu'il y a de certain, c'est qu'avant peu de temps sa guérison sera entièrement consolidée.

TROISIÈME SÉRIE.

Dartre crustacée ou croûteuse.

Première observation. — M. D...., âgé de trente-cinq ans, d'un tempérament bilieux, éprouva, à la suite d'une vive colère, des démangeaisons sur toute la partie antérieure de la poitrine. Des boutons très-rouges s'y développèrent; ils étaient réunis par groupes; ils ne tardèrent pas à suppurer, et le résultat de cette excrétion donnait lieu à des croûtes d'un jaune verdâtre; elles étaient tellement multipliées, qu'il n'y avait pas entre elles plus d'un demi-pouce de distance. La peau qui entourait leur base était d'un rouge briqueté; des démangeaisons vives et brûlantes se faisaient ressentir surtout pendant la nuit. En quinze jours cette affection était parvenue à ce degré d'intensité. La maladie était encore à son état aigu, et un pharmacien imprudent qu'il consulta, l'aggravait encore par des bains de Barèges. Je fis cesser ce genre de médication, et le mis pendant quelque temps à l'usage des bains tièdes et d'une tisane rafraîchissante. Ce préalable rempli, et l'état inflammatoire ayant entièrement cessé, il fut soumis au nouveau mode de traitement, et fut complétement guéri au bout d'environ trois mois et demi.

Deuxième observation. — Mademoiselle G..., d'une constitution nervoso - sanguine, âgée de vingt un ans, née d'un père qui avait eu des dartres sur différentes parties du corps, éprouva un retard dans sa menstruation. Peu de temps après, un érysipèle se manifesta sur la joue droite, et acquit une intensité considérable ; des phlyctènes se formaient, se brisaient et laissaient échapper un fluide séreux. Vingt sangsues appliquées à la vulve, et des moyens anti-phlogistiques firent cesser cette inflammation en grande partie.

Bientôt une exudation purulente se manifesta vers le milieu de la joue, et se convertit en une croûte de la largeur d'une pièce de trois livres ; elle était d'un gris jaunâtre, se détachait par fragmens, et était promptement reformée. L'érysipèle avait entièrement cessé, et une aréole rouge circonscrivait la partie malade. La santé était d'ailleurs fort bonne. Considérant que sa maladie était héréditaire, elle subit d'une manière plus rigoureuse le traitement auquel je la soumis. Cette dartre avait un caractère tellement opiniâtre, qu'elle ne guérit qu'au bout de cinq mois. Il serait impossible aujourd'hui de reconnaître laquelle des deux joues a été affectée.

QUATRIÈME SÉRIE.

Dartre rongeante.

Première observation.—Madame M..., d'un tempérament lymphatique, âgée de vingt-sept ans, était née d'un père qui mourut d'une dartre rongeante qui lui dévora horriblement le visage. Craignant de dérober un seul instant aux fêtes et aux plaisirs, et trop confiante aux signes extérieurs d'une santé parfaite, elle fut indocile à mes avis et refusa de se soumettre à un traitement préservatif que je jugeais nécessaire, parce que je redoutais qu'elle n'eût reçu en héritage la funeste maladie de son père. Une année s'était à peine écoulée qu'un gros bouton se développa sur le sein gauche; il acquit en peu de tems une grande étendue, et il se forma plusieurs ulcères profonds excessivement douloureux, desquels s'échappait une humeur corrosive. Cette affection avait une identité parfaite avec celle à laquelle son père succomba. Justement alarmée sur sa position, elle se confia à mes soins. Après vingt jours de traitement, nous avions déjà obtenu une amélioration remarquable, et à dater de cette époque la cicatrisation fut complète au bout de trois mois, et quelques jours. Quoique entièrement guérie, cette dame resta encore assez long-temps sous l'influence du traitement et d'un régime sévère, afin d'éviter une récidive.

Deuxième observation. — M. F...., d'un tempérament nervoso-lymphatique, âgé de quarante-cinq ans, s'adressa à moi pour se faire guérir d'une dartre rongeante syphilitique, qui occupait tout le côté droit de la lèvre inférieure jusqu'à sa commissure, ainsi que toute la partie du menton correspondante. Cet ulcère, qui occasionnait des douleurs atroces, laissait échapper avec abondance une humeur puante et tellement corrosive, qu'elle irritait et enflammait toutes les parties environnantes. Cette plaie horrible était d'un rouge verdâtre vers ses bords, ce qui me confirma qu'elle était de nature syphilitique. M. F... dormait mal, et avait toujours un peu de fièvre. L'appétit était assez bon ; il avait vainement consulté les médecins les plus distingués de la capitale. Cinq applications furent faites sur la partie affectée, à huit à dix jours de distance ; à chacune d'elles on s'apercevait d'une grande amélioration. Sirop dépuratif, purgatifs réitérés, préparations anti-syphilitiques, tels furent les moyens à l'aide desquels nous obtînmes sa guérison au bout de trois mois et dix jours.

Troisième observation. — M. R..., âgé de cinquante-cinq ans, d'une bonne constitution, m'écrivit de Bruxelles, sa résidence, pour réclamer mes soins relativement à une dartre rongeante reconnue telle par les médecins de cette ville, qui n'avaient pu le guérir. Cette dartre occupait le milieu de la joue droite; il ne pouvait assigner les causes qui avaient donné lieu à son développement. Je l'engageai à venir à Paris; n'ayant pu se déterminer à faire ce voyage par des raisons particulières, je lui fis parvenir tout ce qui était nécessaire, et quoique je ne pusse moi-même le diriger dans son traitement (ce qui semblait mettre obstacle à une prompte guérison), cependant il fut entièrement rétabli au bout de six semaines.

Quatrième observation. — Un serrurier de Laon vint à l'Hôtel-Dieu de Paris, pour se faire traiter d'une dartre rongeante qui occupait la presque totalité de la joue gauche. Sa vue inspirait l'effroi : tous les moyens employés furent inutiles ; cet infortuné, livré au plus affreux désespoir, vint réclamer mes soins. Trois mois de traitement suffirent à sa guérison.

CINQUIÈME SÉRIE.

Dartre pustuleuse ou boutonneuse.

Première observation. —M. D..., d'un tempérament très-sanguin, âgé de trente-cinq ans, vint réclamer mes soins pour une dartre boutonneuse qui occupait toute l'étendue du front ; elle s'était insensiblement développée , et c'est lorsqu'elle eut acquis une intensité plus grande, qu'il se décida à se faire soigner. Il n'avait jusques-là fait

usage que de quelques bains. Son affection con-
sistait en une multitude de petits boutons peu
éloignés les uns des autres, qui suppuraient et
formaient de légères croûtes; ils étaient très-
rouges à leur base, excitaient quelquefois une
vive démangeaison; très-multipliés du côté droit
du front, ils ne formaient qu'une plaque rouge
écarlate. Trois mois de traitement opérèrent une
guérison radicale.

Deuxième observation. — M. L..., âgé de vingt-
cinq ans, d'une bonne constitution, avait depuis
trois ans le menton tout couvert d'une multitude
de petits boutons très-rouges; la matière qu'ils
fournissaient, était grise, et formait des croûtes
qui étaient enlevées par le rasoir, dont l'action
aggravait la maladie. Toute la peau du menton
était rugueuse et donnait à la physionomie un
aspect dégoûtant.

L'emploi des préparations prises à l'intérieur,
et trois applications qui déterminèrent une abondante suppuration, amenèrent en deux mois et
demi la guérison d'une dartre qui s'était montrée
rebelle à tous les moyens mis en usage.

SIXIÈME SÉRIE.

Dartre phlicténoïde ou vésiculaire.

Première observation. — Madame J..., âgée de trente-deux ans, d'un tempérament très-nerveux, vint me consulter pour une dartre vésiculaire qui occupait la partie postérieure du dos; elle avait environ dix pouces de longueur sur six de largeur. Cette affection devait son origine à des peines morales et à une vive frayeur. La partie malade était devenue le siége d'une vive démangeaison; peu de temps après, se déclarèrent une grande quantité de petits boutons très-rapprochés les uns des autres; ils ne tardèrent pas à se convertir en vésicules dont quelques-unes avaient une grande dimension; elles laissaient échapper une humeur jaunâtre; la peau était souillée ça et là par de petits ulcères qui suppuraient. Elle était très-rouge et les cuissons très-vives. Comme madame J.... n'était pas bien réglée, je fis poser quinze sangsues à la vulve; des cataplasmes furent appliqués sur la partie affectée. Nous ne tardâmes pas à obtenir une amélioration sensible; l'inflammation se dissipa, mais les vésicules brisées étaient bientôt remplacées par d'autres, et les ulcérations, quoique moins étendues, existaient toujours. Elle fut soumise au nouveau mode de traitement, et fut radicalement guérie au bout de deux mois et cinq jours.

Comme la dartre vésiculaire a une grande tendance à se reproduire, je fis appliquer de nou-

veau des sangsues et fis continuer long-tems encore le traitement, afin d'empêcher toute récidive. J'ai vu cette dame long-tems après, et elle
ne s'était plus ressentie de rien.

***

Deuxième observation. — Mademoiselle D...,
d'une bonne constitution, âgée de quinze ans, déjà
bien réglée et jouissant d'une santé parfaite, eut,
sur la moitié droite du front, et sans cause connue,
une dartre vésiculaire. Une abondante suppuration donnait lieu à la formation de croûtes verdâtres. La cuisson que suscitait cette affection
était tellement violente, qu'elle se déchirait jus-
ques au sang. Environ deux mois de traitement
suffirent à son entier rétablissement.

***

SEPTIÈME SÉRIE.

Dartre érythémoïde.

Première observation.—Mademoiselle B..., âgée
de vingt-deux ans, d'un tempérament sanguin,
éprouva, sans cause connue, une forte fièvre;
en même temps se développèrent, sur la totalité
de la poitrine et du ventre, des élevures ou taches rouges très-saillantes, de la dimension
d'une pièce de dix sous; elles étaient extrême-
ment multipliées, et excitaient d'insupportables
démangeaisons. Une saignée du bras fut prati-
quée, on appliqua deux fois des sangsues à la

vulve ; la fièvre cessa , et la peau, qui était légèrement rouge dans l'intervalle des plaques ,
recouvra sa couleur naturelle. Ces élevures se
flétrissaient dans une partie, pour se raviver
dans d'autres. La santé était fort bonne. La
dartre affecta un caractère de chronicité , qui
me permit de la combattre par le nouveau procédé. Environ deux mois de traitement suffirent
à sa guérison.

Deuxième observation.—M. C., âgé de vingt-deux
ans, d'une bonne constitution, éprouva, après
avoir nagé et s'être exposé aux ardeurs du so-
leil, une grande chaleur dans la totalité du
bras gauche. Des plaques rouges, d'une très-
petite dimension , se montrèrent ça et là , et un
prurit très-incommode se faisait ressentir. Peu à
peu ces élevures prirent un tel accroissement,
qu'elles acquirent l'étendue de la paume de la
main. Dans différens endroits , des vésicules se
formaient, et étaient bientôt brisées. La fièvre se
manifesta ; la soif, les douleurs de tête, les rou-
geurs de la langue, et plusieurs autres symptômes, me firent reconnaître l'existence d'une
gastrite (inflammation d'estomac). M. C. fut mis
à l'usage des boissons mucilagineuses et des
lavemens émolliens ; vingt sangsues furent appliquées à l'épigastre, et des lotions adoucis-
santes furent faites sur la totalité des bras. Les
taches rouges diminuèrent d'étendue ; enfin ,
après vingt jours, à dater du développement

de la maladie, on ne comptait que treize taches dentelées qui avaient la dimension d'une pièce de quinze sous. N'ayant pu réussir à les faire disparaître par une nouvelle application de sangsues et par l'emploi des boissons mucilagineuses, je me déterminai à combattre cette affection, qui avait déjà deux mois d'existence, par le nouveau procédé. Six semaines de traitement complétèrent la guérison.

APPENDICE

AUX OBSERVATIONS.

Au moment où j'écris, parmi les personnes qui sont en traitement, soit à Paris, soit à l'étranger, il en est quelques-unes qui sont dan l'état le plus favorable. Un monsieur de Hambourg, affecté d'une dartre écailleuse ayant une grande étendue, me fait savoir qu'il est presque guéri, quoiqu'il n'ait que trois mois de traitement.

Un monsieur, habitant Rennes, affecté depuis sept ans d'une dartre boutonneuse occupant tout le visage, et qui avait résisté à tous les moyens employés, a déjà obtenu une grande amélioration, quoiqu'il n'ait que vingt-deux jours de traitement.

Une dame, habitant Paris depuis un mois environ , est en traitement pour une dartre rongeante qui a douze ans d'existence : elle occupe la moitié du nez et la partie supérieure et interne de la joue gauche. La plupart des médecins de Rouen qui l'ont soignée , n'ont fait qu'aggraver sa position. Cet ulcère , qui a quelque chose de hideux, n'avait jamais pu se cicatriser dans un seul de ses points. Quoique depuis vingt-cinq jours seulement cette dame soit en traitement, elle marche déjà promptement vers la guérison.

Je me bornerai à ces citations, pour ne pas dépasser les bornes que comporte ce Mémoire.

CONCLUSION.

Je pense avoir suffisamment démontré, dans ce Mémoire, que les moyens journellement employés pour combattre les affections dartreuses ne sont tout au plus que de puissans auxiliaires qui peuvent contribuer à leur guérison. Je pense aussi avoir suffisamment fait ressortir tous les avantages du nouveau mode de traitement, qui offre dans son application une sécurité d'autant plus grande, que ses effets immédiats sont une suppuration abondante de la partie affectée, et la prompte cessation des démangeaisons qui rendent souvent ces affections si cruelles.

Il est donc très-facile de pressentir tous les avantages d'une méthode qui, loin de représenter les affections dartreuses sur les organes intérieurs, et loin de produire ainsi les ravages les plus effrayans, tend au contraire à les guérir par un procédé analogue à celui que la nature emploie. En effet, ne nous indique-t-elle pas, par l'espèce de dépuration qu'elle opère vers la peau, la marche que nous avons à suivre; et ne serait-ce pas ici particulièrement que pourrait s'appliquer avec avantage cet aphorisme d'*Hippocrate* : « Éconduisez les matières surtout par les

» voies où elles tendent, pourvu que ce soit par
» des issues convenables, *quæ ducere oportet*
» *quò maximè natura vergit, per loca conferen-*
» *tia eò ducere.* »

Puisque la nature est toute conservatrice,
puisqu'elle nous trace elle-même la marche que
nous avons à suivre, soyons ses ministres, et
bornons tous nos soins à l'aider et à la diriger
dans ses salutaires efforts.

FIN.

TABLE

DES MATIÈRES.

FIN DE LA TABLE.

9 782329 097589